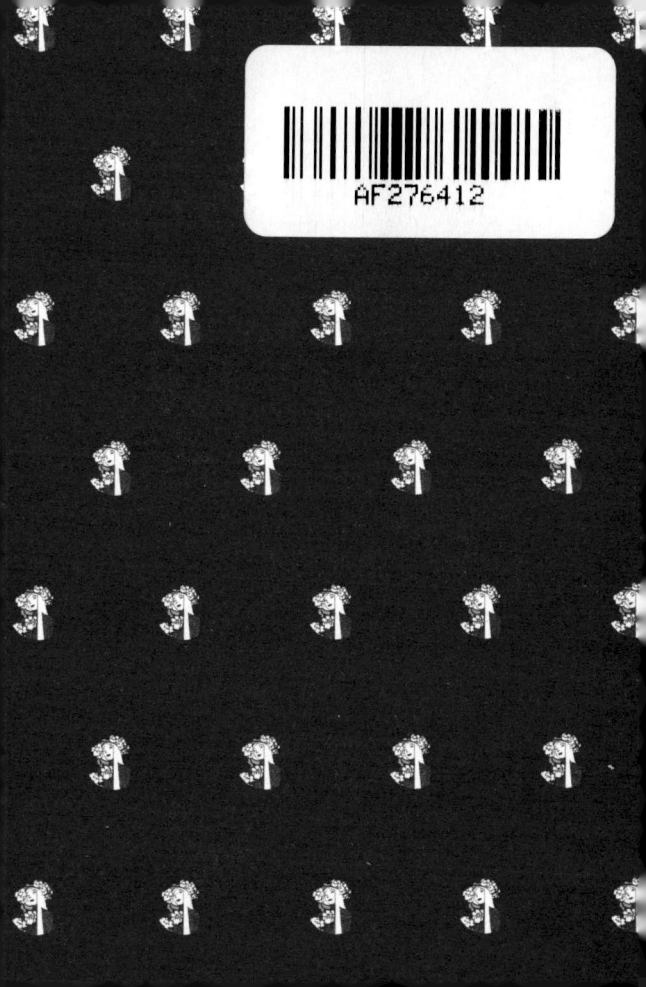

AF276412

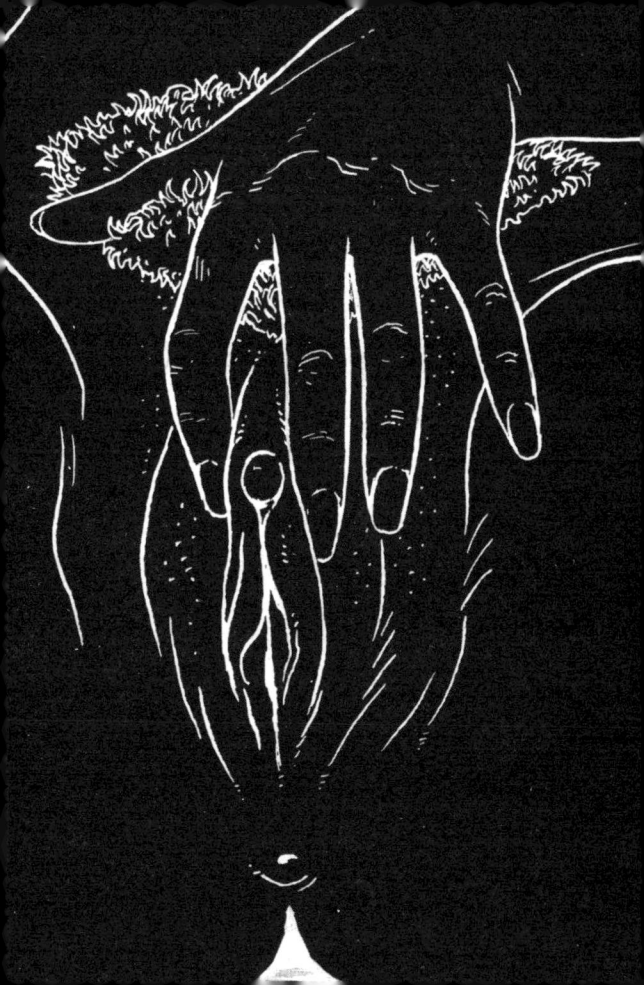

SNACKS DE CORDELIA

II

Gun Moll

(A HOLLYWOOD STORY)

Primera edición en REINO DE CORDELIA, junio de 2025

Edita: Reino de Cordelia
www.reinodecordelia.es
🅧 🅾 @reinodecordelia.es f facebook.com/reinodecordelia
▶ www.youtube.com/c/ReinodeCordelia01

El papel utilizado para la impresión de este libro, fabricado a partir
de madera procedente de bosques y plantaciones sostenibles,
es cien por cien libre de cloro y está calificado como papel reciclable

IBIC: FP | Thema: FP
ISBN: 979-13-87599-09-6
Depósito legal: M-11686-2025

Diseño y maquetación: Jesús Egido
Corrección de pruebas: María Robledano

Imprime: Técnica Digital Press
Impreso en la Unión Europea
Printed in E. U.
Encuadernación: Felipe Méndez

Gun Moll
(A HOLLYWOOD STORY)

José Luis Garci

Ilustraciones de
Miguel Navia

A mi amigo Luis Alberto de Cuenca,
extraordinario poeta y adicto al *noir*

No DETUVIMOS el Chevrolet hasta bien entrada la noche. Dormimos en un motel en las afueras de Tucson, Arizona. Habíamos partido el primer día del verano. Ahora debe de ser ya julio, aunque no podría asegurarlo. Sí recuerdo que ese primer día viajamos casi quinientas millas —¡ay!, Peter, Paul and Mary, la canción favorita de mi padre—, prácticamente de un tirón. Juraría que solo nos paramos dos veces. Una, en pleno Monument Valley, cuando Betty frenó bruscamente y me dijo con su voz superronca: «Cómetelo». Era la octava

o novena vez que se lo hacía. ¡Uf!, fantástico. Lo tiene grande. Su clítoris es casi como una moneda de diez centavos. La estuve comiendo y chupando mucho tiempo, cerca de una hora, hasta que los asientos del Chevy empezaron a quemar por el sol; entonces Betty sacó mi cabeza de entre sus muslos y se tragó mi boca con la suya no menos de tres minutos. La segunda parada la hicimos porque yo le pedí detenerse, cien millas más adelante, para ir al baño en una de las áreas de descanso de la autopista. Cuando volví al coche, con los periódicos y una lata de Pepsi, Betty, antes de entrar, me pidió que me bajara la cremallera de mis Calvin Klein recortados.

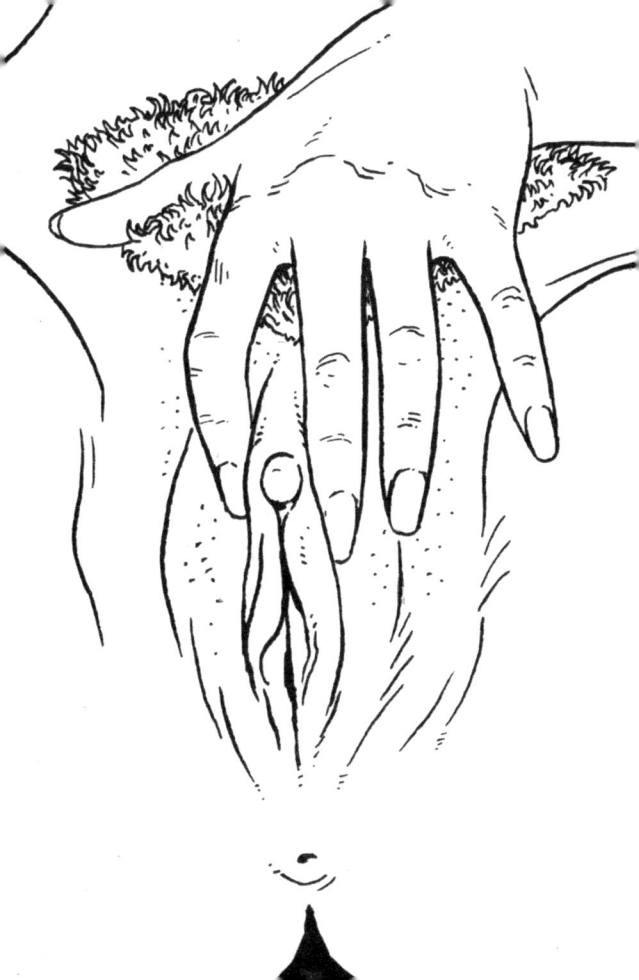

Lo hice. Bueno, hice más. Dejé caer los minitejanos hasta mis rodillas. «Es lo más bonito que he visto en mi vida», susurró Betty en plan Bonnie Tyler. El empleado de la gasolinera se rio y movió la cabeza como diciendo: «¡Qué tiempos!».

El hombro apenas me duele, aunque esta mañana me molestaba horrores, produciéndome inquietud y desasosiego; y según fuimos acercándonos a El Paso, el dolor se agudizó. Era como si los nervios del cuello y de la espalda se hubieran puesto de acuerdo para largarse todos juntos al orificio de la bala. Bebo Nolotil sin parar, que me alivia bastante, aunque me está destrozando el estómago. Aparte de eso, me siento feliz, alegre, disfrutando de unos cielos tan altos y tan «azul vacaciones» como no los recordaba desde la infancia, y escucho una y otra vez la casete de los Kinks.

Betty aprieta en silencio el acelerador del coche con su pie descalzo. Ay, esos pies suyos tan pequeñitos, tan estrechos, de dedos muy delgados y frágiles. Betty apenas calza un treinta y cinco. Compra sus zapatos en tiendas para niños de Pasadena.

La primera noche, o la segunda, le dije: «Betty, mi amor, ¿qué tal si durmiéramos en el próximo pueblo?». «Depende de con qué letra empiece», me respondió sin apartar los ojos de la carretera. Unos ojos que se le habían vuelto más claros

desde el crimen, de un verde malaquita. Durante el viaje, le quitaba el sudor con un clínex, y luego, con un algodón humedecido en colonia para bebés, refrescaba sus axilas, su pecho, su tripa, sus muslos... Todo estaba saliendo estupendamente.

A Betty le gustaba, de improviso, arrancarse la camiseta azul con la cara de Deborah Harry, echarla al asiento trasero y guiñarme un ojo. Entonces yo podía contemplar libremente sus pezones. Para mí, su pecho se reducía a sus pezones, aunque sé que es injusto, porque el pecho de Betty es magnífico, alto, muy duro, atractivamente descarado, como dos cucuruchos de helado de vainilla, aunque yo, es verdad, por encima de todo, me muero por sus pezones, siempre tan firmes, como si alguien los estuviera refrescando continuamente con cubitos de hielo. Los pezones de Betty, y no exagero, apuntan al sol, a los árboles, a todas horas, como los pitones de los toros de lidia. Algunos atardeceres «filosofamos» sobre lo difícil que es encontrar dos mujeres con pezones parecidos. Los hay de todas clases. Desde esos tan grandes que parecen microsurcos hasta los pequeños como garbancitos, y con una variedad de tonos que va desde el lavanda, a los fresas o los amarronados. Los de Betty son perfectos, dos diamantes suaves y lilas, que se vuelven malvas, casi magentas, con la luz del crepúsculo. Cuando los acaricio con mis dedos pulgar

y corazón, muy muy despacio, como a ella le gusta, casi sin que sienta mis yemas, Betty respira profundamente. Más que respirar emite unos agitados gruñidos que parecen sollozos. «Es muy difícil acariciar bien el pecho de una mujer», susurra en mi oído con su voz de carbón; «comérselo, mordisquearlo, chuparlo, es más fácil. Tú sabes hacerlo todo a la vez». Después, suspira largo, dos, tres veces, como si se hubiera quedado sin aire, y con palabras empañadas por la humedad, como los espejos de los cuartos de baño tras ducharte, me dice «¡Hum, qué rico me lo haces, hum, me gusta, me gusta, sigue, sigue siempre!…», hasta que da un volantazo, frena junto al arcén y se corre gritando cosas ininteligibles, como de un idioma primitivo, y bizqueando y babeando un poquito.

Su pezón derecho es mi preferido. Tiene muy cerca, a un centímetro, una manchita pequeña, como una peca de pirita. Bueno, pues esa pepita de oro yo la uno al pezón. «¡Dios, Dios!», repite Betty diez, doce, quince veces, como si rezara, con su vozarrón de antracita, después de haber tenido el orgasmo.

Betty es rubia natural, tiene veintisiete años, mide uno sesenta y tres, sus ojos son del color del té cuando le echas una cucharada de leche condensada; sus muslos, muy prietos, densos, redondeados, algo llenos, solo algo, son idénticos a los de Debra Paget en *La tumba india*. Por cierto,

una de estas mañanas se los unté con mermelada, por la parte interior, y… de pronto, mientras chupaba y mamaba aquella compota de manzanas amargas que había extendido con mis dedos en ambos muslos, envuelta entre el olor a bosque, el mismo de los pinares de Mallorca, que venía de las ingles de Betty y el aroma del café, todavía humeante, que llegaba desde la bandeja (la había colocado en el suelo), de repente, digo, como una descarga eléctrica, estas cosas siempre suceden así, me surgió la imagen de Debra bailando en aquella India colonial ya desaparecida, y, bueno, al ritmo suave, lento, sereno, grandioso de la danza, no sé si devoré a Betty o a Debra. Palabra que no lo sé. Betty me dijo que

luego, al ducharnos, la besé y, al oído, muy bajito, la llamé Debra. ¡Uf! La parte alta de sus muslos ya la quisiera Madonna (tengo que llevar a Betty a Mallorca, y a Ibiza, y a Menorca. Tenemos que hacer el amor en las aguas azul eléctrico de sus calas sin gente).

Todo lo que lleva puesto Betty mientras conduce es un pantaloncito corto Adidas, blanco, con una franja vertical roja.

Me enamoré de Betty la primera vez que la vi. Me sonrió con su boca modelo Anita Ekberg, los labios igual de gruesos, fresa claro, y supe que sería mía por mucho tiempo. Betty nunca se pinta los labios, pero siempre parece que lleva algo de barra. Ahora que el sol del mediodía cae de pleno, sus cabellos adquieren ese tono rojizo oscuro que ha popularizado Robert Redford. En cambio, el vello de su pubis es del color de los Camel. Justo cuatro dedos bajo el ombligo, Betty tiene unos ricitos con los que jugueteo, enredándolos y desenredándolos con mis dedos durante minutos y minutos. Esos «enreditos», como yo los llamo, de la pequeña yedra de mi chica, me calman los dolores de hombro cuando los acaricio, ella tumbada a mi lado, fumando, leyendo o hablando de nuestro futuro. Me gusta dormirme así.

LO DECIDIMOS el primer día que nos vimos a solas, sin mediar palabra. Nos desnudamos abajo, en el salón, subimos a mi cuarto y preparamos el baño, después nos metimos en el agua —perfumada con Vidal Sassoon— durante toda la tarde, hasta que anocheció, rodeadas de espuma y marihuana. Luego, nos secamos la una a la otra, muy despacio —teníamos arrugadas las manos y los pies, y las venas de nuestros cuellos palpitaban, tictac, tictac, como en una improvisación de *jazz*—, y nos tumbamos a oscuras en mi cama de dos metros por dos, una verdadera joya que Mike había comprado en Palisades a un anticuario por ocho mil dólares.

Recuerdo que Betty, colocándose a mi espalda, había empezado besándome la nuca dentro de la bañera y, poco más tarde, me dio la vuelta, levantó mi estómago, lo sacó del agua, subió su cabeza hasta mis pechos y se los comió. Minutos más tarde, se hundió en la bañera y literalmente se tragó mi sexo.

Dos horas y tres minutos duró el baño. Lo sé con exactitud porque, justo al abrir el grifo y echar las sales, un tipo encorbatado daba las noticias de las seis en mi Sony de veinte pulgadas, y al tumbarnos en la King Size eran las ocho y tres en el reloj digital de mi mesilla de noche. Yo había tenido siete orgasmos con intensidad «once en la escala de Richter», según Betty, y había experimentado otras cosas que no sabría cómo llamarlas; ni siquiera puedo

asegurar si los orgasmos lo fueron o no; o si solo había sido uno, inacabable.

Jamás me había ocurrido nada parecido, y no puede decirse que yo no haya sido una chica que viene disfrutando con el sexo, y bien, desde los catorce años. En el instituto, durante el último curso, me acostaba con dos chicos, a veces el mismo día. Pero lo de Betty es distinto, no tiene nada que ver. Envuelve mi clítoris con su lengua, lo mastica y se lo lleva no sé dónde, porque desaparece en su boca, en su garganta. Por no hablar de sus uñas. Me las clava en todo mi cuerpo igual que esos curanderos colocan sus agujas mágicas.

Siempre me había reído de las descripciones de Harold Robbins, Jacqueline

Susann y gente así en sus *best-sellers* de amor y lujo, ya saben, alcancé el Himalaya y me arrojé al vacío, etcétera, y ahora me estaba pasando a mí lo mismo que a esas heroínas. Betty no necesita insultarme, no es de las que te susurran al oído puta, bollera, zorra, comepollas, no; Betty apenas te dice: «Ábrete, cariño, ábreme todas tus puertas». En ocasiones, me azota el culo con las palmas de sus manos, pero muy despacio, tan despacio que yo le pido que me pegue más fuerte y cojo cualquier cosa, una corbata de Mike, alguno de sus cinturones, un periódico, y ella entonces, gradualmente, me castiga con dureza hasta que el dolor me hace gritar y un escalofrío de deseo caníbal me recorre el alma. Final-

mente, mete mis pezones en su coño, en su culo, los retuerce, hasta que siento su sexo muy húmedo, ardiendo, succionándomelo todo, como un beso de fuego.

ANOCHE, después de beberme el asqueroso Nolotil y lavarme dos veces los dientes, me sorprendí viendo dormir a Betty en la cama, desnuda, boca arriba, agotada por este viaje que parece eterno. Tenía carita de niña buena. Le dije: «Te quiero», y ella sonrió. La besé en los labios y luego en el pecho. Ella se medio despertó y fue colocando mi cabeza entre sus muslos, que aún guardaban el olor del gel. Era lo que yo deseaba. La mamé, la chupé, la comí y la tragué tan despacio como ella hizo conmigo el primer día, logrando que se retorciera de placer y que gimiera y gritara, tanto que tuve que taparle la boca con la almohada. Aun así, sus gritos se oían claramente en el amanecer de aquel nuevo motel sin nombre y con el aire acondicionado averiado.

¿Por qué la llevó Mike a nuestra casa de Bel-Air? Ignoro el motivo. ¿Era alguna de sus nuevas secretarias? ¿Una modelo recién llegada a la agencia? ¿La protagonista de uno de los pseudopornos que filmaba mi marido en garajes de Venice? Nunca hemos hablado de ello. Lo que no se me ha olvidado es la expresión de Mike cuando Betty le disparó al cuello, con silen-

ciador, apenas un zumbido. Después, ya en el suelo, en mitad del charco de sangre, Betty le descargó dos tiros más en la frente. *Pshum, pshum.* «Tuvimos que haberlo matado antes», dijo, «tenía el cerebro retorcido». Yo pensé que estaba viviendo un telefilm. Esa impresión aumentó, se hizo más real la mañana siguiente, en el patio de operaciones de la oficina bancaria de Rodeo Drive, mientras sacábamos todo el dinero de la cuenta.

A LAS SEIS EN PUNTO nos duchamos juntas con agua tibia, nos enjabonamos y nos lavamos la cabeza la una a la otra, desayunamos zumo de naranja, huevos revueltos, beicon y café, pagamos en efectivo y… a las nueve ya hemos recorrido más de cien millas, normalmente por carreteras secundarias.

Ayer, o hace dos días, ya es imposible saberlo, oímos cómo el cuerpo de Mike se desplazaba en el maletero. «Tenemos que deshacernos de él antes de que empiece a pudrirse», dijo Betty. Mike pesa, pesaba, cien kilos, y mide, medía, un metro noventa. El cabrón estaba en forma. Se cuidaba mucho. Comía sin sal y nada de dulces. Y galopaba una hora todas las noches por los alrededores de casa al regresar del trabajo.

Nos costó horrores llevarlo hasta el coche. Mike es, era, de origen italiano,

un mafioso de mierda, de esos que te quieren en casa a todas horas, bien arregladita y esperando, mientras ellos se van a que se la chupen sus putas actrices de cuarta categoría. «Soy un hombre del espectáculo, amante de los trajes caros», así se definía. En realidad, era el esbirro de un gángster neoyorquino, el lameculos del jefe de la Familia Maranno Marchesato en Los Ángeles. Nos conocimos en un bar de Beverly Drive. «Tienes un culo precioso, muñeca», me dijo en voz baja para que no lo oyera mi acompañante, un chico de Nebraska que trabajaba en un bufete de abogados judíos en Century City. En realidad, Mike era un tipo sin sonrisa, como Monzón, el boxeador argentino, campeón de los medios, como Joan Crawford, la estrella de Hollywood, como miles y miles de funcionarios.

Al atardecer, estamos siempre tan cansadas que únicamente queremos amarnos, fumar un poco de marihuana, admirar el crepúsculo cobrizo, pedir la cena y dormir. Esta mañana, la del octavo día, o la del décimo —perdí la cuenta no sé cuándo—, un perro negro de la policía de San Diego se puso a olisquear el capó del Chevy. Betty le miró con unos ojos como de hielo, parecían un polo de menta chupeteado, de claros que estaban. Sacó la pistola de la guantera. Medio segundo después, una bala de rifle hizo saltar la cerradura del capó. Betty aceleró y el cuerpo

putrefacto de Mike, envuelto en plásticos del Ejército, cayó rodando junto al cadáver del poli. Betty le había acertado en la boca. El otro poli apenas atinó a rozarme el hombro, antes de caer fulminado por otro rapidísimo disparo de Betty en plena garganta.

EL PLAN HA DADO RESULTADO. Vueltas y vueltas, en zigzag, por Arizona y California, y, finalmente, ¡México lindo!, como dice mi chica. Soy feliz, joder, soy feliz, feliz como nunca antes lo había sido, como McQueen y Ali al final de *La huida*.

Betty me abraza, me dice que me ama, sus ojos —ya han recuperado su color de té con leche, como antes— sonríen con chispitas esmeralda. El tequila color madera oscura con sal y limón es fuerte, pero me gusta, me excita. A Betty también la enciende. «Sobre todo», me susurra, «cuando la sorbo en tus muslos, cariño, que cada vez me recuerdan más a los de Angie Dickinson en *A quemarropa*». No podía decirme un piropo mejor.

Todo está bien. Bajo la luna llena de Tampico, a este gordo y sucio cantinero indio, con una piel que parece sobrasada, le divierte ver a dos mujeres comerse la boca con tanto amor, pecho contra pecho, bajo la blanda y cálida lluvia del sur.

Esta primera edición
en Snacks de Cordelia de
Gun Moll
se acabó de imprimir en
la primavera de 2025

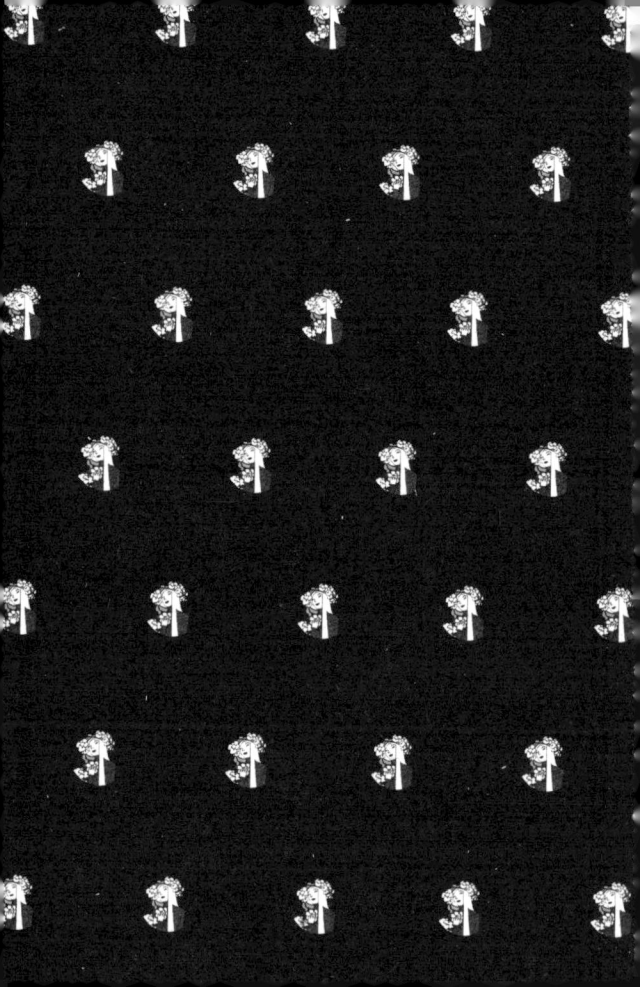